# The BOOK of SOLUTION

해결책

# 해결책

**초판 1쇄 인쇄** 2025년 12월 1일
**초판 1쇄 발행** 2025년 12월 8일

**지은이** james blunt(제임스 블런트)
**책임편집** 조혜정
**디자인** 그별
**펴낸이** 남기성

**펴낸곳** 주식회사 자화상
**인쇄,제작** 데이타링크
**출판사등록** 신고번호 제 2016-000312호
**주소** 경기도 고양시 덕양구 꽃마을로 34, 1006호,1007호(향동동, DMC스타팰리스)
**대표전화** (070) 7555-9653
**이메일** sung0278@naver.com

# 서문

이 책 안에는 당신이 궁금해 하는
삶의 작지만 확실한 해답이 들어있습니다.
부디, 그 작은 평화가 당신의 마음 안에서
조금씩 행복의 싹을 틔울 수 있기를 바랍니다.
잊지 마세요.
해답은 이미 내 안에 있습니다.

사서 고생하지 마세요.

𝒜

오늘 하루의 선곡은 비틀즈의

'All You Need Is Love'입니다.

*A*

지금 이 순간은 모두, 처음이자 마지막입니다.

단 것을 먹어요.

납득할 만한 규칙을 만들 것.

독서량에 집착하지 말아요.

*A*

문제를 해결하는 것보단,

그 마음을 이해하는 것이 우선입니다.

순서를 바꿔 봅시다.

가만히 잘 들어만 주세요.

아이디어는 의미 없는 말장난에서

시작되는 법이죠.

우리는 어쩔 수 없이 사랑과 함께입니다.

막무가내라도 소설을 한 번 써보는 건

도움이 됩니다.

*A*

나이와 지혜는 비례하지 않습니다.

고양이를 관찰해 보세요.

단골 음식점을 만들어 보세요.

*A*

원만하게 거절하는 요령은

'미안합니다' 하고 딱 잘라 말하는 거예요.

*A*

요령이 없는 것도 요령입니다.

인간은 사회성을 지닌 동물,

반드시 자신이 속한 집단을 닮아갑니다.

𝒜

곁에 있는 것들을 소중하게 생각합시다.

𝒜

초록빛이 낯설어진 그대, 숲을 거닐어 보세요.

무언가를 이루지 못해 생기는 목마름도

어쩌면 선물입니다.

인생을 풍요롭게 하는 것은

사물이 아닌 사유입니다.

A

여유를 갖고 싶다면

무게를 가볍게 하면 됩니다.

오늘 하루는 조금 더 과감해질 것.

나를 보호해 주는 것은 분노가 아니라,

차분한 호흡입니다.

약간의 제한이 있을 때,

자유는 더 달콤해 집니다.

A

세상이 나를 응원하지 않아도,

내가 포기하지 않으면 최소한 지지 않습니다.

A

무심코 짓는 표정이 가장 솔직한 속마음이에요.

*A*

침묵이 편안하면 그때 비로소 친구입니다.

연필을 사용해 보세요.

*A*

함께하면 어쩔 수 없이 흔적이 남습니다.

A

포기하지 않은 한, 꿈의 완주는 가능합니다.

늦는 것보다는

조금 일찍 도착하는 것이 좋아요.

𝒜

거울을 자세히 들여다보면 마음이 보여요.

증상이 아닌 원인을 치료하는 것이 중요합니다.

𝒜

고통을 직시하세요.

만족의 가장 큰 적은 매번 비교하는 일입니다.

기대는 것이 나약하다는 뜻은 아니에요.

*A*

요란한 행보는 늘 속이 비어있기 마련이지요.

*A*

아마도 한적한 미술관이 좋을 것 같아요.

잘 비우는 사람이 결국 잘 채우는 사람입니다.

*A*

밥은 먹고 나가야죠.

목적을 바꿀 수 없다면 방법을 바꾸세요.

보이는 게 다가 아니에요.

매순간 심각하게 살아가지 않아도 괜찮습니다.

마음으로 느끼는 것은 소유하는 것보다

위대합니다.

*A*

마음의 행복하면 몸도 편안해지기 마련입니다.

모든 빛에는 슬픈 사연이 있는 법이죠.

멀리 있는 것이 더 가치 있어 보이지만

실은 대부분 비슷합니다.

사랑은 원래 서툰 것입니다.

A

사람들은 바라보는 관점이

다를 수밖에 없습니다.

맙소사, 그럼에도 용서하세요.

나의 행복은 결코 남이 보장해 주지 않습니다.

가장 아름다운 것은 눈에 보이지 않습니다.

어차피 내 것이 아니라면 연연해하지 말아요.

A

기쁜 일을 더 많이 기억해주세요.

미적지근한 관계는

굳이 오래 끌 이유가 없지요.

*A*

우아함보다는 선량함이 당신을 빛나게 합니다.

*A*

결국, 나의 선행은 되돌아오고
내가 준 상처도 어떻게든 나를 괴롭힙니다.

*A*

이제 더는 그 일을 후회하지 않아도 괜찮아요.

우리가 착하게 살아야 하는 이유는
세상이 지나치게 좁기 때문입니다.

어차피 겪어야 할 일이라면

당당하게 전진해 봅시다.

환경의 힘을 간과하지 말아요.

*A*

장점을 더 많이 알아봐주세요.

*A*

망설이고 있다면, 멈추세요.

힘들어도 결코 품격을 잃지 말아요.

*A*

중요한 결정은

순간적인 감정의 단면을 보고 해서는 안 됩니다.

*A*

타인의 평가에 굳이 얽매일 필요 없어요.

세상의 풍경은 모두 내 마음에 달린 것이죠.

어른들도 계속해서 성장해가는

작은 생명일 뿐이에요.

타인에 삶에 지나치게 관여하다보면

어느새 나는 미운 존재가 되어 있습니다.

A

잃을 것이 없는 사람과

논쟁을 벌일 이유는 없지요.

𝒜

사람은 수리하는 것이 아니라,

이해하는 것입니다.

인정하는 일이 가장 우선이에요.

A

언제나 금전관계는

깔끔하고 확실하게 해야만 합니다.

A

보통 실망을 미리 알려주는 것들은 기대더군요.

A

너무 아끼다보면 대부분은

의미를 상실하고 말죠.

*A*

당신이 물건이 아니라구요.

*A*

진정한 사랑은 주는 만큼

되돌려 받기를 희망하는 일은 아닙니다.

미련 없이 앞으로 나아가요.

실수를 만회할 수 있는 게 인생입니다.

*A*

조금 노력하고, 충분히 만족하세요.

자아존중이 있어야 자신감도 충만해집니다.

모르는 것으로 남겨두는 것이

더 좋을 때가 있지요.

지난날을 반성하는 시간이 있어야,

앞으로의 계획이 이루어집니다.

*A*

내가 좋은 사람이 되면

저절로 좋은 관계들이 생겨납니다.

*A*

지금은 나 자신의 역량을

쌓아야 할 시기입니다.

행복은 경주가 아니잖아요.

*A*

얼마나 빨리 하는가보다,

이제부터 어떻게 하느냐에 달렸어요.

다, 잊어버려요.

*A*

가능합니다.

애정을 갖게 된 이상 보잘 것 없는 건 없어요.

사랑하는 날엔 뒤돌아보지 말고,

그리움에 허덕일 땐 사랑하지 마세요.

오늘은 일기를 써보세요.

매일 아침 거울을 보며 나를 응원해주세요.

여행의 본질은 물음을 획득하기 위한 것입니다.

*A*

단 것을 드세요.

지나친 편리함을 추구하는 일이

삶은 더 불편함을 초래합니다.

겸허하게 받아들이세요.

일을 너무 몰아서 해결하려 하지 말아요.

*A*

단지 운이 나빴을 뿐,

그 이상 그 이하도 아닙니다.

A

단 하나의 이유로 다른 모든 근거들을

몰아내는 것이 사랑.

A

유용한 것은 벤치마킹하여

내 삶에 적용해보세요.

이별이 있기에 반드시, 재회하게 되는 법이죠.

너무 화려한 것은 부서지기 쉬운 법입니다.

때때로 말 한마디는 총성보다 위협적입니다.

오늘은 '시간이 없어'라는 핑계를 하지 않을 것.

A

다 소진되지 않게 하는 것이 중요해요.

*A*

가장 큰 성취이자 동기는

몰입하고 있는 순간의 기쁨이잖아요.

오직 고독 속에서

생의 고유한 본질을 느낄 수 있습니다.

*A*

지나치게 감정적일 땐

선택이나 결정을 조금 미루세요.

오늘 하루도, 안도할 수 있는 여유가 있음에
감사합시다.

*A*

마음이 불안할 땐,

사과를 드세요.

당신은 참 바보같이 착하군요.

가장 사랑하는 사람이,

나를 가장 아프게 하는 법입니다.

예감은 대부분 적중하는 법이죠.

*A*

이왕이면 실패도 좋아하는 일을 하고

경험하는 것이 낫죠.

평균에 지배되는 삶은 가여워집니다.

A

사람들에겐 각기 다른 '때'가 있는 법입니다.

당신의 삶은 이제 겨우 도입부일 뿐입니다.

한 번도 하지 않을 것을 해봅시다.

오해로 인해 장벽이 무너진 적도 있었습니다.

A

본연의 가치에 충실하다보면

삶은 자연스러워 집니다.

𝒜

경험으로 알다시피 대부분의 계획은

그저 예상일 뿐입니다.

A

마음을 하나의 문장으로 표현해 보세요.

우리는 무언가의 노예가 되어서는 안 됩니다.

*A*

나를 사랑하자.

마음을 담아 건넨 것은 고스란히 전해집니다.

관계유지에 너무 많은 체력을

낭비할 이유는 없습니다.

이별의 주치의는 지난날의 추억.

마음먹은 대로 똑같이 되지 않는 것은

지극히 정상입니다.

𝒜

맹목적인 추종은 무엇도
믿지 않는 것에 불과해요.

*A*

기회는 다시 옵니다.

𝒜

사람은 쉽게 변하지 않습니다.

*A*

본래 인생에 대한 회의는

파도처럼 찾아왔다가 수그러드는 법입니다.

## A

# 편지를 쓰세요.

*A*

적당히, 적당히 하는 게 아주 잘하는 겁니다.

*A*

전전긍긍하는 것보다야 내려놓는 것이 나아요.

유행을 타지 않는 물건을 사세요.

멀어지는 것을 두려워 말라.

*A*

그럼에도 새로운 것에 대한
열린 시각을 가지세요.

기록에 집착하다 보면

가장 생생한 지금 이 순간을 놓치고 맙니다.

꼭 그래야만 한다는 강박을 버리세요.

참고 기다리면 열렬해집니다.

*A*

재충전은 나이와 상황을 막론하고

꼭 필요한 법입니다.

쉼표는 꼭 필요합니다.

*A*

아무나 초대하지 마세요.

누가 알아주지 않아도 신념을 잃지 말아요.

A

너무 착한 모습만 보여주면,

어느새 궂은 일은 다 내 몫이 되고 말아요.

𝒜

너무 오래 참으면 병이 되거든요.

A

모든 일에 꼭 주인공이 되지 않아도 됩니다.

애써 태연한 척 하지 않을 것.

*A*

친절이 정답이란 말보다

더 큰 조언은 찾을 수 없군요.

*A*

잘 찾아보면 웃을 일들은 어디에나 있어요.

*A*

일관성을 잃어버리세요.

그냥 인연이 아니었다고 생각해요.

당신만의 레시피를 믿으세요.

*A*

상처 난 곳에서는 늘, 새살이 돋아납니다.

자고 일어나 첫 번째로 느껴지는 생각은

기록해 두세요.

안타까운 것은 물질이 아닌 마음의 빈곤이지요.

억지로 친구를 만들 필요는 없습니다.

십년 전이든 일분 전이든 잡을 수 없는 것은
똑같습니다.

A

당신은 사실 지금

그대로의 당신을 좋아하잖아요.

𝒜

내일 일은 아무도 모릅니다.

여유를 가지려면 낡은 것들을

과감히 버릴 용기가 있어야겠죠.

잠깐의 휴식이지 영원한 실패는 아닌 걸요.

*A*

기다리는 데 그 의미가 있습니다.

어떤 밤은 영영 잊히지 않을 것 같지만,

그럼에도 해는 떠오릅니다.

*A*

욕하는 사람을 조심하세요.

평범하다는 말의 동의어는

'지극히 행복하다'입니다.

*A*

옷장과 서랍을 정리하세요.

결국, 나에게 소홀하면

주변에도 소홀해 집니다.

A

실컷 땀을 빼고 시원한 맥주를 마셔보세요.

A

사소한 것에 너무 얽매이지 말아요.

텃밭을 가꾸다 보면 타인과 관계 맺는 방법을
알 수 있습니다.

망설임도 선택입니다.

*A*

실용적이지 않은 곳에도

충분한 행복이 있답니다.

*A*

결정을 못하는 것도 습관이거든요.

*A*

타인의 실수를 비웃지 말아요.

묵묵히 곁에서 지켜보는 일은 중요합니다.

심심할 땐 주간지를 하나 사서 읽으면

금방 시간이 지나갑니다.

인생은 파도와도 같아요.

나이를 먹어도 순수함을 잃지 말아요.

그 잔소리마저 돌아보면 너무나 감사했던 것을.

A

한 치 앞을 모른다는 것은,

동시에 무한한 가능성이 있다는 뜻이지요.

반드시, 당신을 응원해주는 누군가가 있습니다.

*A*

동요하지 말고 담담하게,

하던 대로 진행하세요.

*A*

감정에 묻지 말고, 몸으로 행동하세요.

*A*

존중은 신뢰의 기본 바탕입니다.

언제까지나 계속될 비와 바람은 없습니다.

*A*

틀을 벗어나세요.

사람은 아무리 뛰어나도 결국 사람일 뿐입니다.

A

우선순위를 정하세요.

이별 역시 사랑의 한 부분입니다.

적어도 오늘만은 의사결정의 주인이 됩시다.

자연히 잊히기 마련입니다.

어제와 오늘의 나를 비교해 보세요.

사진으로 남겨 두세요.

희망은 다시, 일어서는 데서 시작합니다.

흐린 날에도 종종 웃을 일들이 있습니다.

지레 짐작하지 말고, 너무 비관하지도 말아요.

별들이 빛나는 이유는

특별함이 아닌 유일함 때문이지요.

*A*

보통 가짜들은 꼭 진짜같이 생겼거든요.

외로울 때 그리워할 누군가가 있다는 것은

얼마나 고마운 일인가.

*A*

많은 경험이 성숙함을 보장하는 것은 아닙니다.

당신은 누군가의 속편이 아닙니다.

*A*

감정은 결정하는 것이 아니에요.

비는 눈물과 닮았어요.

무지개를 위해 내리는 거죠.

A

그건 아마도 사랑이지요.

𝒜

날씨도 변하고 계절도 바뀌는데

마음이라고 멈춰있으란 법 있나요.

믿음이 곧 현실로 다가오는 법이지요.

내면의 성숙은 반드시

현실의 변화를 가져다줍니다.

나에게 쏟는 비용을 너무 아끼지 말아요.

내일은 또 내일의 태양이 떠오르는 걸요.

잘 먹고, 잘 자고, 하루를 열심히 살면

괜찮아 질 거예요.

*A*

당신은 틀리지 않았어요.

A

이성적인 판단이

언제나 최선의 선택은 아닙니다.

𝒜

최선을 다해 행복하세요.

*H*

예고 없이, 당신에게 찾아올

행운을 믿어보세요.

비록, 단 한 번의 삶이지만 길은 많습니다.

굳이 멀리서 찾을 이유는 없어요.

*A*

나답게 사는 일이 중요해요.

이제는 결단을 내려야 할 때인가 봐요.

오늘의 고단함도 돌아보면

아름다운 시절이 될 거예요.

*A*

오늘은 집에서 푹 쉬는 것이 좋겠어요.

𝒜

우연, 가장 이상적인 만남.

𝒜

무소식이 희소식인 걸요.

A

거의 다 왔어요.

*A*

당신은 아직 젊어요.

A

더 나은 내가 되지 않아도 괜찮아요.

*A*

당신의 외로움도 소중한 자산입니다.

𝒜

처음엔 누구나 다 서툴기 마련인 걸요.

고뇌하는 그 길 위에 희망이 있습니다.

모두에게 사랑받는 건,

피곤하고 고달픈 일이에요.

*A*

그럴 때도 있는 거죠. 툭툭 털고 일어나요.

𝒜

걱정은 끝내 일어나지 않을 가능성이 큽니다.

*A*

조금만, 아주 조금만 더 가면 돼요.

당신 잘못이 아니에요.

조금 더 용감하게 사랑해보는 건 어때요?

*A*

계획보다 순간의 느낌이

더 정확할 때가 있습니다.

*A*

그냥 내버려 두세요.

시작이 어려운 이유는 끝이 두렵기 때문이지요.

*A*

남들 눈에 미련해도,

나에게 즐거운 일을 쫓으세요.

실망했다면 더 기대했다는 것임으로.

기대했다면 더욱 애착을 가졌다는 것임으로.

*A*

오늘은 먼저 연락해보세요.

𝒜

새들의 자유는 하늘에 묶여있습니다.

*A*

억지로는 결코 안 되는 것이 있는 법입니다.

*A*

누구도 혼자는 아닙니다.

*A*

그거 생각보다 쉬울지도 몰라요.

무엇도 완벽한 자유를 선사해 주진 않습니다.

*A*

혼자가 아닙니다.

*A*

사실은 당신이 참 행복했으면 좋겠어요.

*A*

감정적인 대처는 피해요.

단순하게 살기 위해서는 깊이 고민해야 합니다.

보고 싶은 이가 있다면 늦지 않게 전하세요.

만족할 줄 아는 자세는 행복의 가장 쉬운 방법.

*A*

나에게는 오직, 나만이 안아줄 수 있는

영역이 있습니다.

적어도 나만은 나를 외면하지 말아야 합니다.

조금 더 생각할 시간을 허락해 주세요.

*A*

결국 삶의 균형이란

기준이 무엇인가에 달려있지요.

*A*

포기하지 않는다면 늦은 것은 없으니까요.

*A*

추억은 마음의 작은 위안을 선사합니다.

*A*

이별은 마음속에

가여운 씨앗 하나를 심는 일입니다.

아직 늦지 않았어요.

*A*

마지막까지 좋은 사람으로

기억되길 바랍니다.

관대함도 남용하면

나는 어느새 쉬운 사람이 됩니다.

𝒜

조건으로 인한 사랑은

쉬이 사라지기 마련입니다.

단번에 인생을 성공으로 인도해 줄

비법 같은 건 없습니다.

*A*

부탁은 거절을 기분 나쁘지 않게

받아들일 수 있을 때, 하는 것.

*A*

중요한 일은 눈을 맞추고 이야기해요.

*A*

우리는 대체로 즐겁고

행복하게 살아왔습니다.

헛된 꿈은 버리고, 성실하게 노력하세요.

*A*

조금은 거리를 둬 보세요.

현대인의 질병은 대부분

너무 많이 먹어서 생기는 것입니다.

A

잘못된 것이 아니라,

그저 잘하려고 했던 것뿐이잖아요,

자기긍정은 훈련의 일환이에요.

꼭 그렇게까지 하지 않아도 괜찮아요.

스승과 제자는 서로에게 배우는 사람입니다.

*A*

관계는 필연적으로

피로를 유발할 수밖에 없습니다.

우리가 살아볼 수 있는 것은

오직 현재 뿐입니다.

𝒜

자연스러운 모습이

무엇보다 매력적인 법입니다.

만나고, 이별하고, 그리워지는 것이
순리대로 사는 일이지요.

*A*

당신의 친절함은

두 배의 행복으로 돌아올 거예요.

용서는 오직, 나를 위해 하는 것입니다.

A

누구나 나름의 슬픔을 안고
살아가는 것이 삶입니다.

조금 더 먼 여정을 위해 잠시 쉬어가세요.

*A*

가끔은 비를 맞으며 뛰어 보세요.

겸손한 것과 자신을 과도하게

낮추는 것은 다릅니다.

*A*

얽매여 있지 않다는 것은
자유를 모른다는 말과도 같습니다.

사람을 이해하는 일에 끝은 없습니다.

*A*

한 번쯤 운명 같은 기회가 찾아올 거예요.

*A*

가장 아픈 일, 타인을 사랑하기 위해

나를 잃어버리는 일.

A

세상은 기분에 따라 읽혀지기 마련입니다.

감정에도 용량이 있습니다.

아껴서 사용하세요.

당신의 행복은 당신이 결정하는 거니까요.

잠은 해방입니다.

그 말, 마음에 너무 담아두지 말아요.

신뢰하여 의존하는 것과

의존하고 있어 믿을 수밖에 없는 것은 다릅니다.

처음 싹을 틔운 식물에게도

우리는 배울 수 있습니다.

오늘 내가 할 수 있는 것부터 차근차근.

*A*

따뜻한 차 한 잔이 도움이 될 거예요.

𝒜

인생은 길어요.

*A*

취향에 옳고 그름이란 없습니다.

어른은 모두에게 예의를 갖추는 사람입니다.

당신의 인격이 곧 당신의 운명입니다.

*A*

내가 던진 거친 말 한마디를

묵묵히 맞아주던 그 사람.

*A*

당신이 이룬 것만큼

이루지 못한 것 또한 아름답습니다.

열등감은 타당한 감정입니다.

오래된 친구야말로 청춘의 열쇠입니다.

믿음은 함께 있지 않아도 불안하지 않은 것.

A

나이를 먹어도

배움의 자세를 잃지 말아야 합니다.

몸이 멀어지면 마음도 무뎌지기 마련이에요.

과감히 무시해 버리세요.

*A*

의심하지 말고, 그냥 물어보세요.

말없이 안아주세요.

가족은 가장 가까운 타인.

시간이 약이에요.

허무한가요. 때로는 산다는 게 그런 일이지요.

*A*

그 슬픔에 스스로를 가두지 말아요.

𝒜

가벼운 기쁨은 아주 잠깐이면 잊혀집니다.

당신의 삶이 끝내 아름다웠으면 합니다.

시간이 있다고 해서,

의지가 저절로 생겨나진 않습니다.

*A*

그것으로 끝이 아니니까요.

거절도 존중받아야 합니다.

*A*

# 실패를 허락해 주세요.

애초에 적을 만들지 않으면

싸우지 않을 수 있습니다.

운명이란 우연처럼 찾아오는 건지도
모르겠습니다.

누구나 행복한 인생을 살아갈 권한이 있지요.

나는 그냥 나이면 됩니다.

A

마음의 문을 여는 방법은

성실하게 두드리는 것.

A

변화를 인정하세요.

당신에겐 당신만의 특별한 의의가 있습니다.

*A*

게을러서 그런 것이 아니라,

일종의 완벽주의자인 셈입니다.

법은 최소한입니다.

그 마음, 더 늦기 전에 전하세요.

본질은 누구에게도 빼앗기지 않습니다.

*A*

불만이 쌓이면 폭죽처럼 치솟아

터져버리고 맙니다.

건강한 신체에 건강한 정신이

깃들이 마련이지요.

*A*

항상 그대로인 것은 없습니다.

요구하지 말고, 보여주세요.

이해하지 못한다고 미워하진 말아요.

당신에게 필요한 것은 삶의 결론이 아닌,

사건의 발단.

A

조금은 비어있어야 고루 섞일 수 있습니다.

자신을 너무 몰아세우지 않아도 됩니다.

*A*

화려하지 않아도 꽃은 그냥 꽃이에요.

때로는 한계를 인정하는 것도

현명한 선택입니다.

*A*

몸의 긴장을 풀어주다 보면

어느새 마음도 부드러워 집니다.

*A*

대체로 솔직하게 이야기하는 편이 좋습니다.

*A*

절제가 주는 미학은 아름답습니다.

두려움이 없다면 용기 또한 없는 셈이지요.

*A*

밝게 인사하면

조금은 더 가까워질 수 있습니다.

모든 감정은 저마다의 이유를 지니고 있어요.

처세술에 너무 의존하다보면

진심을 잃기 십상입니다.

진짜 당신을 보여줘도 외면하지 않을 거예요.

A

마음은 도구나 수단이 아닙니다.

A

그럴 땐 그냥 그 풍경의 일부가 되어보세요.

다른 이유가 있다면, 지금 물러나세요.

A

많은 사람들이 좇고 있는 것이

정답은 아닙니다.

*A*

결혼의 이유도 사랑,

결혼의 목적도 사랑입니다.

다음에 다음에 하다가,

좋은 시절 다 가버리겠어요.

A

하지 말라는 것을 하세요, 재밌습니다.

*A*

언행의 일치는 삶을 풍요롭게 만들어 줍니다.

*A*

타인의 말에 함부로 상처받지 말아요.

당신은 그저 안전하게 꾸준히

나아가는 사람입니다.

A

바쁘게 사는 것과

하루를 충실하게 보내는 일은 다르지요.

부디, 때를 놓치지 말아요.

*A*

나에게 헌신하세요.

*A*

인생의 목적은 나를 사랑하는 것.

*A*

이겨낼 수 있어요.

오늘 하루의 기분은 내가 결정하는 것.

보란 듯이 행복하세요.

세상의 모든 빛은 당신의 마음에서 시작해요.

*A*

어쩌면 완곡한 거절일 수도 있습니다.

*A*

이것 또한 지나가리라.

오늘은 너무 깊이 생각하지 말고 얼른 푹 자요.

올바른 마음가짐에 알맞은 열매가 열립니다.

A

처음 걷는 길은 언제나

멀게 느껴지기 마련이지요.

상처가 시간으로 아물 듯 마음도

같은 방식으로 단단해집니다.

𝒜

당신은 소모품이 아니라, 유기체입니다.

잊지마세요.

무덤덤하게 스스로를 관조하는 시기도
필요한 법입니다.

내 앞의 무거운 상념들, 이제 그만 내려놓아요.

*A*

생활 속에 책이 없다는 것은
햇빛이 없는 것과 같아요.

오직, 진심만이 가장 선명한 목소리입니다.

*A*

자전거를 타면서 균형을 배우고

두려움에 맞서며 용기를 배우는 거죠.

마음에도 환기가 필요한 법입니다.

성실히 나 자신을 관철하는

힘이 필요할 것 같네요.

언젠가 나의 마음속에는

폭우가 지나갔던 모양입니다.

*A*

진심으로 반성합시다.

웃어요. 외로운 날이 있으면
어여쁘게 웃을 날이 있듯이.

*A*

뒤에서 수군거리는 말은 무시해버려요.

𝒜

한 편의 영화처럼, 주인공으로 살아요.

A

진정한 향기는 한철만 짧게 피었다

사라지지 않습니다.

인생은 타이밍.

*A*

아직 오지 않은 것일 뿐이에요.

어쩌면 매순간

새로운 기회를 부여받고 있는지도 모릅니다.

글쎄요. 거친 폭우도 어느새 그치던 걸요.

어쩌면 우연이거나 사실은 운명이었겠죠.

그 정도면 충분히 괜찮을 것 같습니다만.

*A*

10분의 여유라면 음악, 30분의 여유라면 독서.

뜻을 충분히 이해하기 위해서도
공백은 중요합니다.

고통과 상처는 당신에게 주어진 삶의 훈장.

눈물처럼 모든 비는 그치기 마련입니다.

*A*

타인의 견해는 가벼운 조언으로 여기세요.

*A*

인생은 정말로 아름다워요.

재능이란 스스로 발견하는 것입니다.

변화시킬 수 있는 것은 오직 나의 태도입니다.

괜찮아요. 꿈은 이루어지지 않아도

참 달콤하잖아요.

*A*

어차피 타인은 나의 마음을

완전히 알아주지 못합니다.

𝒜

떠나세요.

당신은 다시 시작할 자격이 있습니다.

호의는 대가를 바라고 베푸는 행위가 아닙니다.

*A*

중요한 것은 지금부터의 행보입니다.

고단한 하루의 마무리는 향긋한 음악으로.

*A*

누군가를 완벽히 이해하는 일은 불가능해요.

잘 웃는 습관은 삶을 윤택하게 만들어 주지요.

왜냐하면 인생은 한 번 뿐이잖아요.

A

근거 없는 이야기에

인생을 낭비할 이유는 없겠죠.

옳은 질문이 바른 대답을 만듭니다.

많은 말보다, 단 한 번의 포옹이

더 오래 기억될지도 모르겠네요.

A

먼저 경청을 하면

분명 내 말에 집중해 주기 마련입니다.

*A*

화분을 기르면 사랑하는 법을 배울 수 있습니다.

물만 먹어도 살이 찌는 체질은 없습니다.

*A*

스스로에게 한 번 물어보세요.

A

과거는 과거로 남겨두고 앞으로 나아가세요.

# 정리정돈의 첫 번째 단계 '버리기'

*A*

타인과 나를 비교하지 않을 때,

비로소 행복해집니다.

사랑은 노력입니다.

몰입의 경지, 그것이 아름다움의 비결입니다.

당신을 대신할 수 있는 것은 아무것도 없어요.

A

무엇이든 기본은 중요합니다.

때때로 관계는 한순간에 무너져 내립니다.

A

우선적으로 넘어서야 할 것은 내면의 벽입니다.

*A*

진심어린 사과는 중요합니다.

*A*

사과는 분명하고 간결하게 하는 것입니다.

A

공부가 인생의 전부는 아니지요.

하지만 할 수 있는데 굳이 안할 이유도 없답니다.

너무 많은 감정을 쏟지 않아도 될 것 같아요.

누구도 내 청춘을 보상해 주진 않아요.

*A*

내게 주어진 평범한 하루를

감사히 보듬어 주세요.

최고의 행복이 아닌, 최선의 행복을 지향할 것.

A

가지고 있어도 무의미하면

그것은 없는 것과 마찬가지입니다.

표현하지 않으면 상대방은 모릅니다.

A

잊지 마세요. 나는 소중한 사람입니다.

*A*

조금 일찍 하루를 시작하는 것도 방법이겠죠.

*A*

고독함과 자유로움은 종이 한 장 차이입니다.

𝒜

아무리 애를 써도

우리는 그냥 평범한 사람입니다.

*A*

소유보다 중요한 것은 존재입니다.

조금 더 가까이에서 자세히 들여다보세요.

*A*

오늘, 당신은 청춘이네요.

그 사색의 순간에 해답이 있습니다.

*A*

싫어하는 일은 끝까지 안하는 것이 중요합니다.

이해하지 못했던 것이 아니라,

이해하려고 하지 않은 거겠죠.

*A*

허나, 그러한 인식의 씨앗을 심은 것은

바로 나 자신이지요.

*A*

상품은 반품하면 되지만,

마음은 그게 안 된단 말이죠.

나에 대해 더 많이 생각하세요.

*A*

해결되지 않는 감정의 문제는 내버려 두세요.

*A*

타인의 삶에 지나친 관심을 가지는 것은

괴로움을 자초하는 일입니다.

상처받지 않고 살아갈 수는 없습니다.

그러나 누구에게 상처받을지 정도는 선택할 수 있겠죠.

*A*

연연해하지 말아요.

시간은 당신의 편입니다.

꽃을 선물하는 마음으로, 부디

저물어가도 아름답게.

*A*

멀어지면 한 눈에 보일지도 몰라요.

한 번쯤은 소리 내어 일기를 읽어봅시다.

마음의 짐을 가볍게 하면

수월하게 갈 수 있습니다.

한 번에 다 가질 수는 없어요.

𝒜

맹목적인 너그러움은 결국

두 사람의 관계를 무너뜨립니다.

A

먹으세요. 그리고 운동을 하세요.

각자가 지닌 삶의 방식을 존중하는 방법,

이해는 그런 것입니다.

*A*

최선이란 말이 꼭 모조리

소진하라는 뜻은 아닙니다.

세상 만물의 이치가 그렇습니다.

심어둔 대로 거두는 것이지요.

어쩌면 당신 스스로가 걸어둔

자물쇠가 아닌가요.

*A*

지금처럼 늘 한결같이,

그게 당신의 매력이에요.

*A*

# 그럼에도 불구하고

A

이대로 괜찮다면 굳이

최선이라는 늪에 빠지지 않아도 됩니다.

사람이란 언제까지나 미완성으로

남을 수밖에 없어요.

*A*

그건, 당신이 따뜻한 사람이라는 뜻이에요.

대안이 없을 때가 있습니다.

*A*

가끔은 우는 일에도

최선을 다해야 하겠죠.

*A*

바로 그 조바심이 실수의 절친한 동료이지요.

*A*

겸손함을 배우기 위해선

산을 오르는 일이 도움이 됩니다.

𝒜

귀를 기울여주는 것도 충분한 위로입니다.

*A*

이분법은 피하세요.

*A*

당신은 그 벽을 넘어서야만 합니다.

A

마음 하나 잘 다스리는 일이

세상에서 가장 힘들고 아름다운 법입니다.

A

남들 눈에 시시해도 괜찮아요.

친절과 아첨을 구별하세요.

자주 가는 공간은

그 사람의 정체성을 닮는 법입니다.

불만을 줄이면 행복해 집니다.

이해하지 못해도 인정하고

껴안는 것이 사랑이지요.

*A*

거친 말을 하는 사람들은

마음도 그런 모양을 하고 있습니다.

당연한 것은 없습니다.

A

해결책은 조금 더 다가서고자 하는

그 마음에 있습니다.

*A*

결국엔 모든 오늘이 최고의 순간이었던 것을.

A

나를 충분히 사랑할 수 있을 때

타인에 대한 배려도 가능합니다.

당신은 생각보다 강인하군요.

𝒜

곧이어 지나갈 겁니다.

고맙게도 늘 소리 없이

응원해주는 사람들이 있습니다.

운명은 매순간 나의 선택으로 인해

다듬어지고 있습니다.

그렇다면 이불 커버를 바꿔 봅시다.

*A*

옆으로 넓을 수도 있고,

얕아도 진할 수가 있는 법입니다.

𝒜

더 이상 그 문제로 고민하지 말아요.

상황에 따라 변하는 사람에게
너무 많은 기대를 하지는 말아요.

돌아보면 그 어려운 순간들을

끝내 잘 지나왔잖아요.

사람이 언뜻 보기에 얕다고 해서
감히 무시해서는 안 되는 거거든요.

*A*

지각이 습관이 되면 성공도 늦게 오거든요.

믿고 의지하며 나아가세요.

잊지 말아요.

작은 것에 감사할 줄 아는 따뜻한 마음.

A

고맙다는 말을 아끼지 마세요.

외로워서 그런 거예요.

*A*

삶의 목적은 자아의 완성이지

세상에 적합한 사람이 되는 것은 아닙니다.

잘 하지 못한 후회보다

하지 않아서 남은 미련이 더 큰 법입니다.

*A*

상처를 대할 땐 조심스럽게 다가서야 하지요.

비가 오네요. 같이 울어요.

A

좋아하는 일은 그저

꿈으로 남겨두는 것도 괜찮은 방법입니다.

미소는 당신에게로 돌아오기 마련입니다.

*A*

그것은 이미 당신 안에 있을지도 모릅니다.

가끔은 게으르게 하루를 보내도 괜찮습니다.

진정한 앎은 행동 속에 담겨있습니다.

*A*

확률에 갇히지 말고 자신의 가능성을 믿으세요.

당신 대신, 결정을 해줄 사람은 없습니다.

𝒜

잘 모를 땐, 말을 아끼는 것이 최선입니다.

A

직업과 꿈은 다릅니다.

이미 알다시피 전부를 다 가질 수는 없답니다.

A

무언가에 열정이 없다고
당신의 삶이 시시한 것은 아닙니다.

소비는 기분을 좋게 만들어 줘요,

*A*

시간의 주인이 되려 하면

결국 시간의 노예가 되고 맙니다.

웃음은 인생의 놀라운 활력이에요.

*A*

사람들에겐 각자의 속도가 있습니다.

𝒜

두려움 혹은 설렘 결국은 종이 한 장 차이.

경계해야 할 것은 말이 전부인 사람들입니다.

*A*

지나간 것들은 과거로 남겨두는 게 좋아요.

𝒜

세상에 쓸모없는 것은 없습니다.

무언가의 가치를 인정하는 태도는 중요합니다.

*A*

당신의 성공은 당신의 기준에 합당하면 됩니다.

꽃은 요란하지 않아도 곧잘 피어납니다.

A

모험이 언제나 먼 곳에서

존재하는 것은 아니지요.

나쁜 것은 느린 것이 아니라,

꾸준하지 않은 것이죠.

*A*

포기도 하나의 타당한 선택입니다.

당신을 기쁘게 하는

인생의 재미를 포기하지 마세요.

너무 큰 죄책감을 지니지 마세요.

𝒜

멀어져 보세요.

언어의 힘은 그 사람의 믿음에 비례합니다.

모두에게 좋은 사람이 될 수는 없습니다.

불안은 당신이 날개짓을

시작했다는 증거입니다.

*A*

대상을 다방면으로

바라보는 자세는 중요해요.

감정을 눈금이나 저울로

계산하려고 하지 마세요.

*A*

충분히 쉼 호흡하세요.

*A*

말이 씨가 됩니다.

말이란 뱉는 순간 되돌릴 수 없습니다.

끝내 그 신념을 지켜나가시기 바랍니다.

속마음은 넘치기 전에 비워주세요.

*A*

당신은 아주 잘하고 있군요.

𝒜

당신은 감정의 쓰레기통이 아닙니다.

*A*

게으른 것도 선택이고

나태한 것도 재미입니다.

자연스러운 것이 좋은 것입니다.

*A*

어쩌면 벗어나려는 것이 아니라,

더 가까워지고 싶었는지도 모릅니다.

인간관계를 유지하려고 자신을 잃지는 말아요.

공허함은 강한 사람만이 느낄 수 있는

깊은 마음입니다.

너무 무리하지 마세요.

선택과 집중이 필요하겠네요.

성실함만큼 든든한 믿음도 없습니다.

*A*

이유 있는 반항은

맹목적인 추종보다 아름답습니다.

함께라면 더 풍족해 질 거예요.

*A*

바라보려고 애쓰지 않으면

마주할 수 없습니다.

𝒜

행복을 느끼는 것도 능력입니다.

당신이 느끼고 있는

두려움의 실체를 판단해 보세요.

목적보다 이유가 더 큰 힘을 줍니다.

A

자연스럽게 흘러가는 방향으로

마음을 맡겨보세요.

연연해하지 말아요.

세상은 꿈의 완성이 아닌
실험이 이루어지는 곳이지요.

행복은 나눈다고 줄어들지 않습니다.

*A*

인생에는 대본이 없습니다.

괜찮아요.

그래도 인생을 살아가는데 큰 무리는 없어요.

오직, 당신만이 알고 있는 것.

당신이 진짜 원하고 있는 것을 쫓으세요.

*A*

타인의 시선을 너무 의식하지 말아요.

A

조율되지 못한 악기로

알맞은 연주를 기대할 순 없겠죠.

사랑한다면 가능한 진실만을 말하세요.

*A*

후회 없는 삶을 살아요.

인생의 모범답안은

자신의 뜻대로 사는 것입니다.

*A*

마무리는 시작만큼 중요해요.

미리미리 준비하면,

조금 더 수월해지는 법이에요.

언어는 말과 글이 전부가 아닙니다.

*A*

만족할 줄 아는 자세는 중요하죠.

해결해야 할 문제가 아니라,

받아들여야 할 일입니다.

A

망설이고 있다면, 잘하고 있는 겁니다.

사람은 다 다릅니다.

A

바로 지금, 시작해 보세요.

어떠한 것이든 중독은 위험합니다.

가족이 화목하면 세상이 아름다워집니다.

A

내면의 본질과 가까워질수록

일상은 반짝입니다.

완벽이란 함정에서 벗어나세요.

따뜻한 관심과 약간의 물만 있다면

어디에서든 새싹은 자라납니다.

A

차근차근 순서대로 진행해 보세요.

*A*

당신의 계절은 아직 끝나지 않았어요.

걱정하지 말아요.

*A*

너무 큰 의미부여는 되레 독이 되기 마련입니다.

*A*

지금의 그 감정은 지극히 온당한 것입니다.

아주 조금이라도 마음의 여유를 가져요.

따뜻한 표현은 더 깊이 전해지기 마련입니다.

리허설이 없기에 조금은 서툰 것이 당연해.

𝒜

중요한 건 나를 사랑하는 일이에요.

# 서문

이 책 안에는 당신이 궁금해 하는
삶의 작지만 확실한 해답이 들어있습니다.
부디, 그 작은 평화가 당신의 마음 안에서
조금씩 행복의 싹을 틔울 수 있기를 바랍니다.
잊지 마세요.
해답은 이미 내 안에 있습니다.

# 해결책

**초판 1쇄 인쇄** 2025년 12월 1일
**초판 1쇄 발행** 2025년 12월 8일

**지은이** james blunt(제임스 블런트)
**책임편집** 조혜정
**디자인** 그별
**펴낸이** 남기성

**펴낸곳** 주식회사 자화상
**인쇄,제작** 데이타링크
**출판사등록** 신고번호 제 2016-000312호
**주소** 경기도 고양시 덕양구 꽃마을로 34, 1006호,1007호(향동동, DMC스타팰리스)
**대표전화** (070) 7555-9653
**이메일** sung0278@naver.com

# *The* BOOK *of* SOLUTION

해결책